T0046531

STRANGER THINGS

OFFICIAL MERCHANDISE
© NETFLIX

CÓMO SOBREVIVIR EN EL MUNDO DE STRANGER THINGS

Título original: *How to Survive in a Stranger Things World*

© 2018 Matthew J. Gilbert
© 2018 Netflix CPX, LLC y NETFLIX CPX International, B.V.

Esta edición se publicó según acuerdo con Random House Children's Books,
una división de Penguin Random House LLC
STRANGER THINGS™ es una marca registrada por Netflix CPX, LLC
y NETFLIX CPX International, B.V.
Stranger Things y todos los títulos, personajes y logotipos son
marcas de Netflix Inc. Creado por los hermanos Duffer
Todos los derechos reservados

Las imágenes en las páginas 11 (abajo, derecha), 12 (abajo, izquierda),
16-17, 22, 28-29, 38 (abajo, izquierda), 69 y 78 (abajo izquierda)
se usan según licencia de Shutterstock.com

Traducción: Sandra Sepúlveda Martín

D.R. © Editorial Océano, S.L.
C/Calabria 168-174 Escalera B Entl. 2ª
08015 Barcelona, España
www.oceano.com

D.R. © Editorial Océano de México, S.A. de C.V.
Guillermo Barroso 17-5, col. Industrial Las Armas,
Tlalnepantla de Baz, 54080, Estado de México
www.oceano.mx
www.oceanotravesia.mx

Primera edición: 2019
Primera reimpresión rústica: julio, 2023

ISBN: 978-607-557-598-8

Quedan rigurosamente prohibidas, sin la autorización escrita del editor,
bajo las sanciones establecidas en las leyes, la reproducción parcial
o total de esta obra por cualquier medio o procedimiento, comprendidos
la reprografía y el tratamiento informático, y la distribución de ejemplares
de ella mediante alquiler o préstamo público. ¿Necesitas reproducir
una parte de esta obra? Solicita el permiso en info@cempro.org.mx

IMPRESO EN MÉXICO/*PRINTED IN MEXICO*

Litográfica Ingramex, S.A. de C.V. Centeno 162-1,
Col. Granjas Esmeralda, C.P. 09810, Iztapalapa, Ciudad de México.

CÓMO SOBREVIVIR EN EL MUNDO DE

STRANGER THINGS

Selección de Matthew J. Gilbert

OCEANO Travesía

NO HAY LUGAR
COMO EL HOGAR

BIENVENIDO A HAWKINS

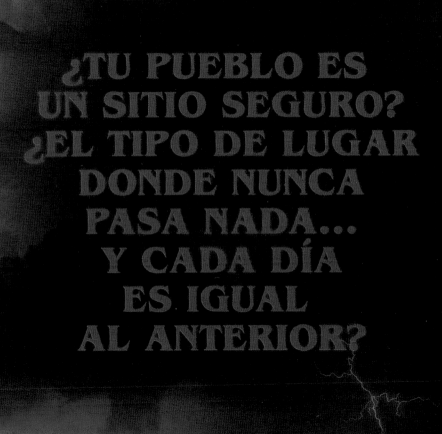

¿TU PUEBLO ES
UN SITIO SEGURO?
¿EL TIPO DE LUGAR
DONDE NUNCA
PASA NADA...
Y CADA DÍA
ES IGUAL
AL ANTERIOR?

Las mañanas son para el **CAFÉ** y la **CONTEMPLACIÓN.**

LA ESCUELA
PUEDE HACERTE

SENTIR COMO
UN EXTRAÑO.

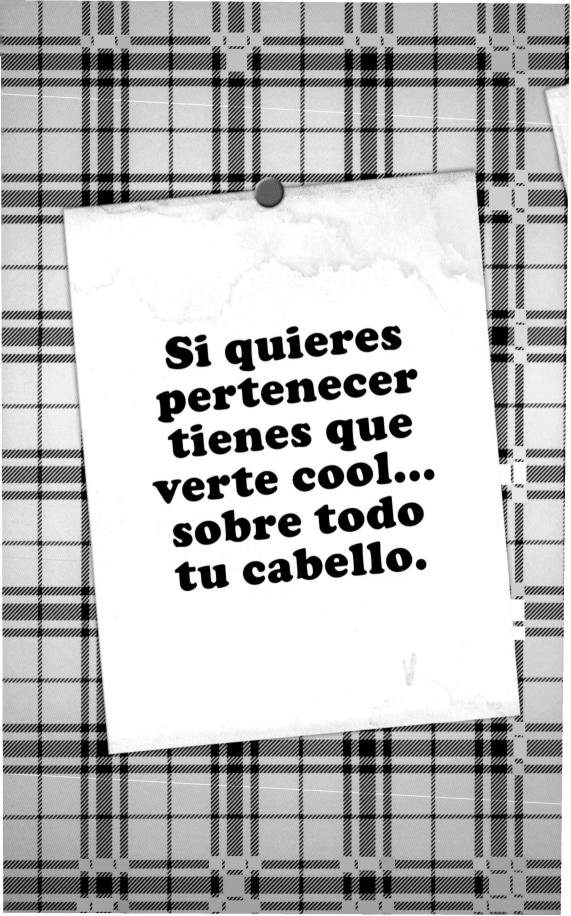

Usa champú
y acondicionador.

Y cuando tu cabello esté
húmedo, no mojado, ¿ok?...

...le das volumen con el fijador
de Farrah Fawcett.

Siempre debes estar LISTO para un viaje de CURIOSIDAD.

Y no sueltes tus
REMOS.

ALGUNAS
PUERTAS DE LA
CURIOSIDAD
DEBERÍAN
MANTENERSE
CERRADAS.

**Y cuando
no estés seguro,**

**tira

los

dados.**

**Podría salir un
once.**

Atrévete a

ROCKEAR.

LOS AMIGOS
NO MIENTEN

Los amigos encuentran aventuras en todas partes.

Ya sea en un sótano...

...O EN LOS
RINCONES
MÁS OSCUROS
DEL PUEBLO.

cuando se pone DIFÍCIL.

"¡NUESTRA AMIGA
TIENE SUPERPODERES
Y TE ESTRUJÓ
LA VEJIGA CON
LA MENTE!"

¿Sabías que un *extraño* sólo es un amigo que aún no conoces?

O un agente
del gobierno
que vino a
silenciarte.

Quien te quiere,
SIEMPRE te entiende.

Simplemente es ASÍ.

"Si ambos nos estamos volviendo locos,

nos volveremos
locos juntos."

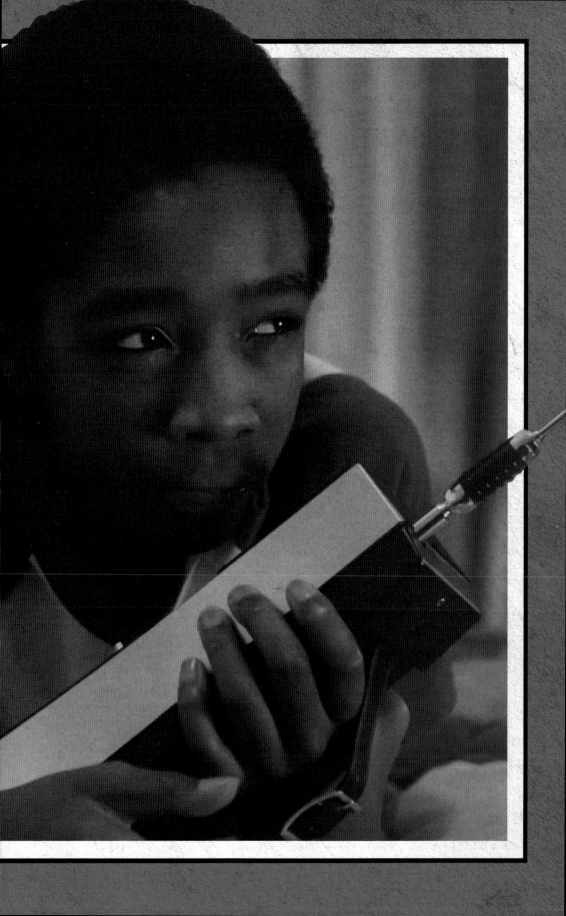

Pero asegúrate
de no hablar
de más.

Se llama el código

CIERRA
LA
BOCA.

Algunos amigos se alejan.

EL MUNDO DEL REVÉS

A veces
ves algo EXTRAÑO

BIENVENIDO
A
HAWKINS

y descubres que tu pueblo tiene SECRETOS.

Sientes
que tu mundo
se ha puesto
DEL REVÉS.

"No me importa si nadie me cree."

EN MOMENTOS ASÍ,
SI SIENTES QUE
ALGO TE ACECHA
EN LA OSCURIDAD,
PROBABLEMENTE
TIENES RAZÓN.

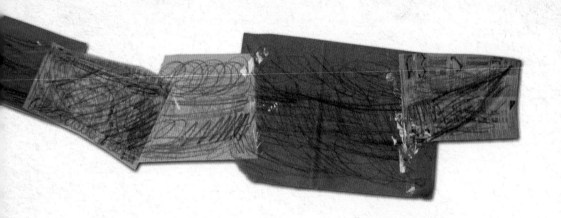

No tengas miedo de las **SOMBRAS...**

a menos que sean **MONSTRUOS SOMBRA.**

Es hora de ser sigilosos como ninjas.

(Y cargar un bate
lleno de clavos tampoco
es mala idea.)

No te preocupes.
Sé valiente.
Todo será

PAN COMIDO,
¿VERDAD?

Puedes pedirle ayuda
a tu doctor.

Pero mejor busca una segunda opinión.

No seas tonta.
Sigue las reglas.

Regla 1

Mantén siempre las
cortinas cerradas.

Regla 2

Abre la puerta
sólo si escuchas
mi clave secreta.

Regla 3

Nunca jamás salgas sola,
mucho menos de día.

pero me temo que no muy indulgente.”

Y cuando sientas
que las cosas no
pueden ponerse más
OSCURAS...

es momento
de
ENCENDERLAS.

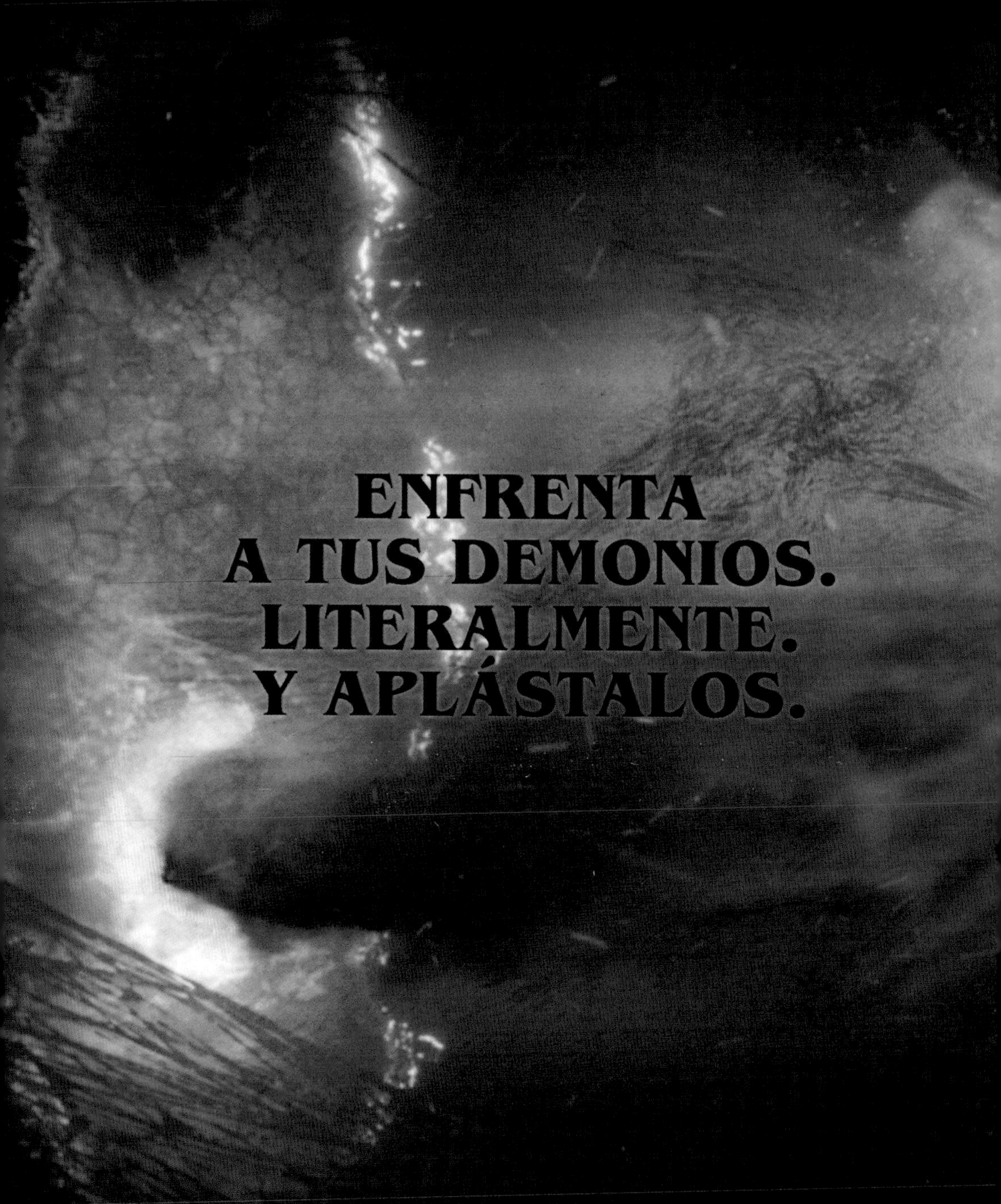
ENFRENTA
A TUS DEMONIOS.
LITERALMENTE.
Y APLÁSTALOS.

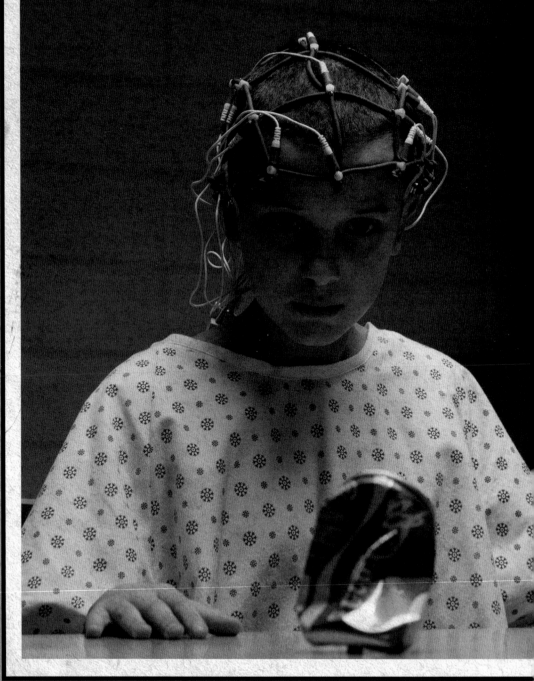

Puedes hacer cualquier cosa que te propongas.

Nadie
NORMAL
ha logrado nada importante en este mundo.

LAS PUERTAS
ESTÁN AHÍ PARA
SER DERRIBADAS.
CUANTO MÁS
GRANDES Y
ATERRADORAS,
MEJOR.

"No me perderás."

FELIZ REGRESO

Cuando parece que es el fin, mantén a tus amigos cerca...

y tus waffles
más cerca.

Baile de
invierno
84

Después de
salvar el mundo
te mereces una fiesta.

Aunque le den vueltas, algunos amigos están destinados a ser más que amigos.

"¿Quieres bailar?"
"No sé cómo hacerlo."

**"Yo tampoco.
¿Aprendemos juntos?"**

Nada volverá
a ser como antes.
No realmente.